Volker Ebersbach
Irdene Zeit
Gedichte

Grimmaer Reihe

herausgegeben von Dr. Heidrun Popp

Band 3

Volker Ebersbach

IRDENE ZEIT

Gedichte

Heidrun Popp Verlag

Die Deutsche Bibliothek –
CIP-Einheitsaufnahme

Ebersbach, Volker:
Irdene Zeit. Gedichte / Volker Ebersbach.
– Grimma: Heidrun Popp, 1999
(Grimmaer Reihe; Bd. 3)
ISBN: 3-932960-11-4

©Heidrun Popp Verlag
Paul-Gerhardt-Straße 21
D-04668 Grimma
1. Auflage 1999
Alle Rechte vorbehalten

Illustrationen von Harry Jürgens
Titelbild von Volker Ebersbach
Druck: Druckerei Bode GmbH, Grimma
Buchbinderische Verarbeitung:
Kunst- und Verlagsbuchbinderei, Baalsdorf

Printed in Germany

ISBN: 3-932960-11-4

VORWORT DER HERAUSGEBERIN

Mit der „Grimmaer Reihe" ehren wir den Verleger, Drucker, Buchhändler und Schriftsteller Georg Joachim Göschen (1752-1828), der von 1797 bis zu seinem Tode in Grimma, der wunderschönen Stadt an der Mulde, Werke Goethes, Schillers, Wielands, Klopstocks, Ifflands, Seumes und weiterer Geistesgrößen dieser Zeit der Öffentlichkeit übergab und so der Nachwelt hinterließ.

Von großer Bedeutung ist auch Göschens Beitrag zur Buchkunst in Deutschland. So maß er neben einer sorgfältigen Lektorierung (Seume wirkte mehrere Jahre als Lektor und Korrektor bei Göschen) auch der Typographie, der Illustration, dem Druckpapier – der gesamten Buchgestaltung besonderen Wert bei.

Diesem Vorbild nachzueifern ist uns, einem in Grimma ansässigen Verlag, Ehre und Verpflichtung.

In der „Grimmaer Reihe" werden belletristische Werke, vor allem Prosa und Lyrik, zeitgenössischer Schriftsteller sowie früherer Meister des Wortes veröffentlicht, aber auch Biographien berühmter Gestalten des kulturellen Lebens, Reiseberichte, Essays, literaturwissenschaftliche Darstellungen u.a.m.

Heidrun Popp
Grimma, im Frühjahr 1999

VORBEMERKUNG DES AUTORS

Daß diese Gedichte inzwischen Geschichte sind, ist leicht zu sehen. Im Grunde gilt das für jedes Gedicht, sobald der Dichter den letzten Vers endgültig festgelegt hat. Leser denken nur nicht immer daran. Da liegt der Vorteil später Veröffentlichung: Immer wieder liest der Verfasser seine Verse mit einem unzufriedenen Gefühl; lange kann er an ihnen feilen. Leser wollen ein Gedicht erleben, als Gegenwart sich aneignen, und wissen doch im nächsten Atemzug: Was die Verse sagen, ist vergangen, nur Boten des Vergangenen finden in Gestalt verbundener Worte in die Gegenwart des Lesens.

Damit ist die Frage nach der Entstehungszeit aufgeworfen. „Irdene Zeit" ist eine lange gereifte Sammlung, eine Summe. Entstehungszeit heißt für sie nicht ein Jahr, ein Datum, eine Tageszeit, sondern eine Zeitspanne, während der immer wieder daran gearbeitet wurde. Leser haben jeweils die vorläufig letzte von mehreren Fassungen in der Hand. Oft haben sich im Lauf von Jahren nur einzelne Worte, einzelne Verse oder Teile von Versen geändert; manchmal verschwand eine ganze Strophe, ein andermal kam eine neue hinzu. So entstand eine Zusammenfassung von beinahe vier Jahrzehnten, in denen sich überall viel verändert hat, noch mehr aber geblieben ist, wie es war. Über beides mag man sich die Augen reiben, über das Veränderte wie über das Gebliebene. Die Pleiße ist nicht mehr schwarz. Aber die Bäume sterben noch. Bagger sind eine Weile verstummt und brüllen doch wieder. Ich darf meine Meinung sagen, ohne gerügt und benachteiligt zu werden. Aber noch immer denken sich andere mich aus. Sie haben gewechselt und sind doch dieselben. Das Einhorn kommt so wenig zur Ruhe wie die Liebesmühle, die Blätter fallen weiter, und Sisyphos wäre nicht er selbst, fände sein Stein festen Halt. Kolumbus ist unentwegt auf der Suche, denn was er fand, war nie das, was er suchte. Nichts von dem, was wir tun, erreicht genau den Zweck, zu dem wir es beginnen. Manchmal führen wir ein Unheil gerade mit den Mitteln herbei, die es abwenden sollten. Es gibt, wievieles auch „nicht mehr so" ist, zu allem noch ein Noch. Irdene Zeit geschieht, solange die Erde dauert. Der Teppich wiedergefundener Zeit fährt endlos davon. Und vielleicht kehrt Sappho noch einmal wieder?

Volker Ebersbach
Sophienhöhe, im Januar 1999

I. GESTAFFELTE ERDE

Damm an der unteren Saale

Verwunschen und unzertrennlich –
ein Paar: Saale und Damm.
Sie, schlammig und schlampig,
trägt träge ihren faulen Zauber,
die Fron der Abwässerlast,
auf ruhigen Strecken still
selbstgedrehte Strudellöcher rauchend,
Schaum auf den Wellenlippen
und stärker riechend im
Schleppdienst der Dampfer,
an Mühlwehren und Schleusen.

Vermählt ist sie dem Lindwurm
aus Kies, Schotter und Sand
mit dem rasselnden Grillenpanzer:
Gescheitelt das zottige Rückgrat,
der Schopf aus Disteln und Ginster,
vom Radpfad der Kalikumpel.
Die streicheln mit surrendem Pneu
ihm täglich den Klettenbuckel,
den wachsam gebeugten, da
wo sie vor Zeiten auf Abwege kam,
die Prinzessin unter den Flüssen.

Da darf er nicht weichen
von ihrer Seite, da muß er
ihr heimleuchten mit Königskerzen,
da katzbuckelt sie manchmal,
da schmiegt sie sich leckend
an seine weichen Stellen –
verjagt ihm die Wühlmäuse
aus den schuppigen Flanken,
heimlich mit ihnen verbündet.
Da schielt sie noch naschhaft
nach Schwarzerde und Lette.

Auf die Erlösungsformeln
knorriger Eichen und Weiden
pfeifen die Lokomotiven. Entzaubert
ist nun die Landschaft:
Der Fluß macht gern Umwege? Nur
durch Zuckerfabriken und Mühlen!
Der Kirchglucke am Gräberhügel
die Schädeleier wegrollen?
Den Humus umquartieren?
Das macht jetzt der Bagger
für Ziegel und Kali.

Das ist eine Ehe!
Gewundene, geschraubte,
schilfträumende Memoiren
in die Niederung schreiben,
von Dorf zu Dorf, von Burg zu Burg
einfach das Bett wechseln,
auf verflossenen Liebespfaden
wie einst die Prinzessin
der Flüsse: Tanderadei –
an der Saale hellem Strande
ist das nun vorbei.

Halt auf freier Strecke

Wandernde Kupferstichwolken, im Weichbild
scharf gestochen von gotischen Türmen,
auf Vogelschwärmen und Staub.

Von Westen naht die Schraffur
eines Regens über den Hügel, da
hockt eine Bockmühle flügellahm.

Kinder schreien ihn an, den
Ritter von der staubigen Gestalt,
Lerchen geben ihm ein letztes Geleit.

Majestätisch wälzt sich zum Himmel
das Qualmbanner. Die Schlote zielen
auf den lieben Gott und die Engel.

Sie keuchen ein Staubgebet. Mehr
ist nicht zu opfern, ein Pudergruß
den Püppchen im Wolkenaltar.

Der Zug schluckt das Gelerch.
Regen wischt über die Kupferstichwolken.
Im Fenster schwindet das Weichbild.

Altes Schlachtfeld im Herbst

Der Sommer befiehlt
seinen Heureitern den Rückzug
südwärts über die Hügel,
blickt aus goldener Brille
in die Partituren der Wälder,
schlägt seine Orgeln
zum Requiem.

Geschlagen hat er die Schlacht
mit Finkengeschmetter und Mäusegepfeif,
mit Regengetrommel und Hagelgeklirr
In der Dürre ließ er
sein Pulver trocknen, bis es
verrauchte aus brüllenden
Gewittertürmen.

Regenbogen trug er landum,
verkündend den Ruhm
vorläufiger Siege.
Der Winter befiehlt seinen Winden
Vormarsch: Aufzieht Schneegewölk,
allwissend und untätig –
vorläufig siegreich.

Oktober in Mór

1
Ohne die Traubenlast
richten die Rebranken sich auf,
welken die Blätter.

Auf dem Berg geht die Sonne
durch Dornengestrüpp
und läuft nicht aus:

Die kannst du nicht keltern!

Messinghell jagt sie die Ebene hinab.
Eine Wolke wischt sie aus.
Im Pappellaub geht ein Wind
wie Regen.

2
Zwei Feuer fressen am Zwielicht
zwischen den Zotten des Grases.
Glasig krümmt sich am Haselspieß
Speck den Gluten entgegen.

Tropfend flüstert das Fett mit dem Rauch.
Von den gebeugten Rücken
wehen die Mäntel.
Im Winter werden sie schwer sein.

3
Auf dampfendem Wein
schwimmen Gewürznelken.
Klar steht im Glas der Pálinka,
trocken am Himmel der Mond.

Dein langgemasertes Haar:

Frisch aufgeschnittenes Holz.
Überall weht es mir nach.
Papierschiffe schaukeln darauf,
tragen den Sommer davon.

Der Kristallschleifer

Ein Eckladen in Kispest:
Ein Treibhaus prismatischer Gewächse!

Beim Eintritt der blecherne Dreiklang, der
hangelt sich durchs Zischen des Schleifsteins.

Hinter gewölbten Brillengläsern ein
schleifsteingrauer, schleifsteinfeuchter Blick.

Leise, damit im Wägelchen das Kind nicht aufwacht,
ruft der blasse Mann die blasse Frau.

Wir wählen. Und sie kassiert,
hält Gläser und Geld wie rohe Eier.

Er aber nimmt mit dem Löffelstiel
klingenden Abschied von jedem Glas.

Vorweihnacht im Erzgebirge

Orion schwingt sich
  in sein Eisgestühl.
Neuschnee stäubt auf die Bergkämme:
  Puderzucker auf Weihnachtsstollen.

Schnitzmesser
  überreden weißes Holz
    zu gemaserten Figuren,
Holzspäne schmiegen sich
  an stählerne Klingen,
    schrauben sich
      zu Girlanden auf.

Rotierend formen sich Rümpfe
  und Köpfe
    mit Tschakos und
      stramme Arme und
        hosennahtsteife Stiefelbeine

Gendarmen wachsen nicht von selber
  Stahl schleift sie rund,
    Leim hält sie zusammen.

Dem grimmigsten Uniformträger
stopft eine Nuß das Maul:
Holz auf Holz, so
kann er sich beweisen.

Bärenlauch

Gegen drei reißt mich die Sonne
aus dem kariösen Gebiß der Häuser,
treibt mich, die Allee hinunter,
in den Park zu den Kindern
und ihren so zärtlichen Müttern.

Hinter den Bäumen aber
quietscht noch die Straßenbahn.

Da muß ich weiter, hinein in den Wald,
wo die Vögel klingende Netze ausspannen
und mich sanft in einen Bären verwandeln,
wo aus fleischigen Blattlöffeln
Bärenlauchblüten schäumen,
wo in den Büschen
warme Lauchwolken schwappen –

daß es die Schleimhäute juckt: Da
treibt es mich stadtwärts
zu Bratwurst und Bier,
zu der quietschenden Straßenbahn,
zur Mutter meiner Kinder.

Feldwinkel im Meißnischen

Rissige Roggenschultern
verhängen das ewige Fernweh.
Wehe, die Ferne –
hinter Lößwogen,
gekrönt von Kirschalleen!

Im summenden Schatten
uralter Linden eine
Handvoll Walmdächer,
sich selbst genug,
Starengeschnalz in den Gärten,
Schwalbengeschwätz unter den Balken.
Die Sonne
kommt mit dem Postauto.

Im schlammigen Staubecken schwimm ich
mit der Dorfjugend.
Zwischen den Zähnen knirscht Erde.

Kohlköpfe stehn stramm,
hangauf, hangab,
im künstlichen Regen,
warten auf den sauertöpfischen Herbst
und wünschen dich Hasenfüße.

Über den stoppligen Feldbuckel
kriecht die Gewitterschnecke
mit steilquellenden Hörnern.

März

Meisensignale –
gefiedertes Martinshorn.
Doktor Nordwind,
Ihr Weiß kommt
zu spät, zu spät, zu spät!
In Schwarz
gehen die Krähen.

Mai

Grün überkommt es die Bäume.
Abends noch, wenn
sie sich schließen,
scheint in die Augen
die grüne Versuchung.

Der Specht

Ist irgendwo was hohl,
fühln sich die Würmer wohl,
und wenns zusammenbricht,
die Würmer kümmerts nicht.
Pochpoch, jetzt kommt der Specht!
Da gehts euch Würmern schlecht.

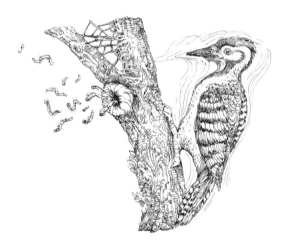

II. KLAFFENDE FLUREN

Der tote Baum

Nun ist er im Winter schon kenntlich:
Die Rinde fehlt –
ein Toter unter Schlafenden,
ein Skelett, wenn andern
schwillt das grüne Fleisch.

Die Krankheit der Bäume
steckt mich nicht an,
und mein Krebs
kümmert sie nicht.

Über Bergen von Pestleichen
blühten gleichgültig die Bäume,
und die Hand des Sägewerkers
verdorrt nicht
an den Opfern des Borkenkäfers.

Dieser tote Baum aber
steht im Schatten der Schlote,
wo auch ich
    noch
        wohne.

Sägen

Ein Auge blickt dich an
aus einem Brett.
Da war ein Ast, der wuchs,
wuchs hinaus in den Himmel,
trieb Blätter,
nährte Früchte,
blind der Erde gehorchend.

Säg einen Ast ab:
Ein Auge
blickt dich an.

Orgelkonzert in Rötha

Wir saßen im Spitzbogenwald aus Stein.
In Dreipaß und Fischblase verglühte ein Tag.
Silbermanns silberne Zylinder tönten.
Draußen – graue rauchende Zylinder:

Draußen tabakfarbene Landschaft.
Schneckengang des Rauchs über Kratern.
Die Wälder rauchen auf Lunge.
Wir haben einerlei Odem.

Die Bagger

Im Braunkohlenkrater fressen sie sich
auf Hörweite heran. Nachts,
wenn die Straßenbahn aussetzt,
die Autos unter Laternen schweigen,
wenn mein Nachbar schnarcht,
jaulen sie hungrig auf:
rostfarbene Riesenhunde.

Ständig sind sie am Fraß.
Unaufhaltsam graben sie sich durchs Land,
verschlingen Wälder und Dörfer, nähren
die Riesenschweißfüße der Chemie.
Mitschuldig wie eine Geisel
schleppe ich hängenden Kopfes
Asche treppab und Briketts treppauf.

In der Elsteraue die Sägen:
Sie knattern und rattern,
sie ächzen und krächzen,
sie schreien, kreischen, stöhnen.
Die Bäume aber neigen
sich sanft und schweigen.
Sie gehen den Weg der Kohle

Die Pleiße

Ach, wie romantisch verschränken die grünenden Eschen und Eichen
 Über dem trägen, nach Teer stinkenden Rinnsal ihr Laub!
Ach, wie verständnisvoll spuckt nach dem Jogging der japsende Raucher
 schwarz in das spiegelnde Schwarz: Einig sind Mensch und Natur.

Spätsommer an der Mulde

Die Wasser haben ihr Bett,
die Glocken ihren Klang,
die Straßen ihre Maschen.

Nesseln finden zusammen.
Grillen behaupten alle dasselbe.
Schmetterlinge segnen es ab.

Die Sonne feiert
die Feuerbestattung der Blumen.
Ich teile mit Wespen die Birnen.

Wolken wollen nicht bleiben,
Vögel nicht singen. Nur
eine Krähe bestellt Regen.

III. IRDENE ZEIT

Kosmogonie

Während wir sie tun, die Liebe,
die uns ewig macht, aufgeflochten
rücklings einem Planetenfisch, treibend
in der Qualle einer Galaxis,
während wir die Liebe tun,
pulst das All ohne Alter und Jugend
in den Gezeiten der Materie,
reicht durch uns beide
die Krümmung des Raumes:
Die überdauern wir nicht!

Woher dieses Glück, das
sein Aderwerk treibt,
sein Wurzelgeflecht
durch unser Fleisch,
die pulsende Knospe?

Blauschultrig erhob sich die Erde.
Der Himmel tropfte sein glühendes Blut
in aufzischende Meere –
zum letztenmal fruchtbar:
Von gleißenden Blitzen
wurden schwanger die Wasser
trugen in dämmriger Wärme ihn aus,
ihn, der unserm Willen
nicht unterliegt, den
unermüdlichen Muskel.

Nixe und Schneeschmelze

Mein Haus gehörte einmal einer Schnecke.
Du holtest mich hinaus und in den Schnee
und zogst ihn über uns wie eine Decke.
Du wolltest weiß mit mir bedeckt sein,
aber auf keinen Fall von mir geweckt sein.
Nun liege ich allein in einem See.

Wie war die Decke glatt und rein und weiß!
Die Sonne leckte aber an dem Eis.
Da habe ich mich wieder aufgerappelt.
Die Schenkel wuchsen dir geschuppt zusammen,
und an den Schuppen holte ich mir Schrammen.
Und du bist ohne Gruß davongezappelt.

Lupine

Gestaffelte Kronleuchter
stecken dir ein Licht auf:
Das ist Biologie, aber
hinter Biologischem
eigentlich Chemie, aber
hinter Chemischem
eigentlich Physik, aber
hinter Physikalischem
eigentlich ...

Ungarischer Klatschmohn

Auf deiner Sonnenbrille
wandern Akazienwälder
und Klatschmohntümpel.
Pipács! sagt der Schaffner. Und:
Nutzloses Kraut!
Wir werden nirgends gebraucht
und sind doch nicht überflüssig,
werden nirgends erwartet
und passen überall hin,
verbinden Angenehmes
mit Unnützem. Der Zug
hält. Ein Rotmütziger
hilft ihm weiter.

Herbstahnung

Ein jedes Wesen strebt zum Lichte,
blickt kaum zu seiner Wiege nieder,
hat Vogelträume, Sterngesichte –
die Erde holt sich alles wieder.

Der Baum erschauert. Stürme toben.
Noch heißt der Herbst für ihn nicht Sterben.
Ein Blatt kennt nur die Welt da oben.
Das Blatt muß fallen und verderben.

Baumwipfel

Baumwipfel überwintern
wie erstarrte Hände,
Fächer versiegter Ströme,
Flüsse und Nebenflüsse,
Einzugsgebiete des Äthers
in der Himmelskuppel,
Kapillaren der Erde,
Silhouetten im Schnee.

Ein Same, gesprengt
von der Zwietracht der Säfte,
geht auf, indem er untergeht,
holt die Wolken zur Erde,
verschwendet sich
himmelwärts:
Die bittere Erde
wird süß in den Lüften.

Ich, der ich nicht wurzele,
zieh einst die Erde
mit ihren Wipfelzotten
über mich wie ein Tierfell.
Durch meine Stirn
ziehen Wolken.
Durch meine Hände
rinnt bittere Erde.

Das ist mein Winter.

Gedenktag

> „Wo ein deutscher Soldat steht,
> da steht er, und da ist Deutschland!"
> (Adolf Hitler)

Ich geh durch einen Wald
aus siebenarmigen Leuchtern,
vor mir Überlebende,
allen voran die Toten.

Wo ein toter Mensch liegt,
da liegt er, und da ist Tod.
Tote lassen die Tür offen, schreiben
die Spiegelschrift der Geschichte.

Ich gehe durch einen klaren Tag.
Und an den Fahnen
hängt Schatten
wie Trauerflor.

St. Thekla bei Leipzig

Wir gingen im roten Moos des Abends.
Die Sonne welkte auf Gräbern.
Die Zeit zerfiel in steinernes Leben.
Tote faßten uns bei den Händen
zu stammelndem Glockenschlag.
Da wurde uns bange, wir
könnten das Sterben versäumen.

Gefangen

Die Schatten des Gitters
wandern über die Mauer
schneller als Uhrzeiger.

Mein Herz, meine Fäuste
sind wund vom Trommeln.
Zerschellt ist mein Schrei.

Du hörst mich nicht. Das
Leben steht zwischen uns
wie der Tod.

Irdene Zeit

Der Mittag wendet das Stundenglas mit dem blauen Sand.
Die Sonne wird ein blendendes Loch. Im gleißenden Dunkel
deiner Stimme rasseln die Felder das Lied der Grannen.

Am Abend tanzen die Pflaumenbäume. Der Mond
ist fleckig vom Stoßen der Eberrüssel. Zum Klappern
der Gürtelschnalle bläst der Uhu das Föhrenhorn.

Jede meiner Zellen ist mit deinem Blick aufgeladen.
Er kommt aus der Wildnis des Schlafes.
Du hast von mir Glühwürmchen im Schoß.

Der Traumfisch setzt im Morgengrauen
seinen Laich ab, treibt, den weißen Bauch nach oben,
hinaus ins Grauen des Morgens.

Zwischen dem Strandgut der Träume suchen wir
mit zerzausten Haaren nach Herzmuscheln. Wer
von uns beiden findet die Perle des anderen Tages?

IV. GESTAMMELTES SCHWEIGEN

Abendstimmung

Weisheiten fallen vom Himmel
und begehen Torheiten.

Eine Brücke beugt das Genick
unter dem Sonnenbeil.

Drüber gehen heimkehrende Gehenkte,
Zeitungen in den Taschen.

Im Weltwetter
braut sich ein Schicksal zusammen.

Desertion

Nichts Traurigeres
als ich,
aus meinem Traum
verschwindend.

Warten

Götter und Tiere
kennen kein Warten:
Ohne Anfang und ohne Ende
ist ihnen die Zeit.
Nur Menschen kennen die Frist.

Kinder warten geduldig,
ernst und ahnungslos.
Warten ist menschlich:
Von Mensch zu Mensch
das menschlichste Opfer.

Warten ist Liebe:
Einer opfert dem andern Zeit,
ohne ärmer zu werden;
der andere wird an Zeit nicht reicher.
Liebende warten voll Ungeduld.
Aber sie warten, solange sie lieben.

Wer wartet,
verschenkt ein Stück Leben.
Wer auf sich warten läßt,
der tötet ein bißchen.

Warten ist Treue.
Ein Bahnhof wird manchmal
ein Friedhof.

Niemand gibt mehr von sich,
als der da sagt: Ich
warte hier auf dich!
Nicht die Zeit vergeht,
sondern wir vergehen.

Liebes-Lager

> Liebe ist Kriegsdienst.
> Ovid

Lager und Gegenlager:
Du rückst an mit dem Rücken.
Ich verschanze den Schädel,
verrammle die Herzkammern.

Um meine Schläfen getürmt:
Kissen, kalkfahle Burgen.
Hinter meiner Stirnwehr:
vertrocknete Spinnen.
In meinen Herzkammern
bechern die Landsknechte.

Dein Atem wirft Brandfackeln.
Ich hisse das Laken:
Schleif meinen Dickschädel!
Plündere mein Herz!

Die Liebesmühle I

Durch ein Sauwetter lief eine Wettersau.
Wer die Gewitterblume pflückt,
ruft ein Blumengewitter.
Steter Stein höhlt keinen Tropfen!
Die Faustregel gehört ins Faustrecht.

Die Liebesmühle
klappert im Uhrenwald.
Du bist fristlos
eingeladen.

Die Liebesmühle II

Deine Zähne mahlen,
meine Lippen mahlen.
Mahlt, Mühlsteine, mahlt!

Das Mehl rieselt
durch die Sanduhr
unserer Körper.

Körnchen um Körnchen
verliert sich die Zeit
an sich selbst.

Denkzettel

Es wird gedacht – angenommen,
es wird gedacht:
Ich werde gedacht!
Geistesblitze
schlagen nicht ein.
Zeigefinger leiten sie ab.

Man denkt – angenommen,
man denkt:
Man denkt sich mich aus:
„Aber du mußt doch einsehen!"
„Aber ich habe gedacht..."
„Wie bitte?"

Ich denke – angenommen,
ich denke:
Mir entfährt nicht mal
ein Geistesblitz, doch
da steht schon ein Wald
von Zeigefingern.

Letztes Gespräch

Der Kern unserer Worte?
Wir schütteln sie lange
in geschwätzigen Händen.

Da klappert und klappert,
ranzig und hart,
was wir verschwiegen

Zauberspruch

Auf einer Mauer
da blüht ein Kraut.
Man wird zu Stein,
wenn man es kaut.

Am Abendhimmel
da steht ein Stern.
Wem man ihn zeigt,
den hat man gern.

Auf einem Stern
da liegt ein Stein.
Wer ihn sich holt,
bleibt nicht allein.

Spinnenschloß

Mein Zimmer preisen schon lange einander die Spinnen.
Es hat viele Ecken. Ich baue auch immer noch neue
Aus Büchern, Geschirr und aus Briefen, zuunterst der Deine.
Im Fenster schwimmt täglich einmal die Sonne vorüber.
Die Herzuhr tickt und tickt in den eigenen Ohren.
Am Abend trete ich pendelnd die knarrenden Dielen,
Bespreche die Ecken und Wände mit spiegelnden Versen.
Dann schaukeln die Netze der kleinen lauernden Wänste.

Ich bin ein unzufriedener Großhirnbewohner,

Ein Teufel, bohrend im Herzen des richtenden Gottes,

Und lausche den Heimchenrufen im eigenen Herzen.

Die Sonnenuhr läßt vom gleißenden Vollmond sich foppen.

Das Schweigen ist die sanfte Macht der Gestirne.

Ich habe die Spinnen noch nie etwas fangen gesehen.

Noch nie ist mein Spiegelbild bis in den Morgen geblieben.

Verse I

Ich bin in dein Wort gestiegen und
in die Sprache gefahren,
habe die Stollen weitergetrieben,
das taube Gestein durchsucht.
Nun ist mir der Rückweg versperrt:
Ich bin von Versen verschüttet.
Ich habe dein Wort gebrochen
und gebe Klopfzeichen
und höre dein Echo
in labyrinthischen Schächten.

Verse II

Gestammeltes Schweigen,
Hirnrindengewitter:
Feuer wissen und
Asche sprechen.
Durch jedes Wort
sintern Gegenwörter,
verschweigbar beides.
Inschriften in Eis.
Einschlüsse im Geröll,
fossile Gespräche,
in denen wir selber
verschollen sind,
Endlos-Chromosomen
unerkannten Sinnes.

V. ATEMWENDE

Jahrhunderttag

Ich habe Jahrhunderte durchquert,
wandernd in altem Gemäuer
aus Säulen, Pfeilern und Bogen.
Sie wurden zu Rauch und Wolken,
sind mit dem Wind fortgezogen.

Ich stieg in die Gruft, las auf Epitaphen
die Apokryphen des Fleischs:
Alles war abgetan.
Ich legte mich nieder und wollte schlafen.
Da schlug er die Orgel bocksfüßig: Pan!

Da trat die Sonne in die Rosette
und schmolz sich das Stabwerk ein.
Ich hatte die Sonne eingemauert
mit ihrer Strahlenkette
und so Jahrhunderte überdauert.

Nun bis zu den Hüften eingegraben
in einer Wiese, schwank ich wie Gras.
Wie die Sonne über den Himmel fährt!
Ich werde mit diesen Blumen verwelken
und hab doch Jahrhunderte durchquert.

Ankunft

Du steigst aus dem Zug
wie aus einer Wolke.

Hast einen gefiederten Blick,
kommst mit Schritten nicht nach.

Ich hab einen Trommler im Herzen,
der verschlägt mir die Sprache.

Wie laichende Fische wechseln
unsere Herzen die Farben.

Wir zählen die Jahresringe
in unserem Einbaum.

Das Einhorn

Das Einhorn zerrte am Zügel.
Du wolltest nicht bleiben.
Da sagte ich: Geh!
Du führtest das Einhorn zum Äsen
durch die Säle des Waldes,
in dem mein Rufen verhallte.

Spät kamst du wieder,
ein flackerndes Licht in den Augen,
nicht meines, nicht deines.
Das erste? Das letzte?
Im Unschlitt der Tränen
küßten wir uns!

Während die Lippen
sich kreuzten, deine
und meine und doch fremde,
gabst du die Zügel des Einhorns
in meine Hände.
Wir wurden Gespenster.

Nun gehe ich um.
Das Einhorn führt mich
durch Kreuzgang und Krypta.
Im Garten läuft die Zisterne
allmitternacht
von Mondmilch über und über.

Tiere im Sommer

Stille: Schwarz
flimmernde Stundenwüste –

Tiere sind aus der Sonne gestiegen,
waldäugig, als sie sank,
trotten lautlos durchs Getreide,
schleichen sich zu mir.

Stille: Schwarz
flimmernde Stundenwüste –

Sie lehnen ihr knisterndes Fell
an meine nackte, einsame Haut,
lecken mir atemwarm
die Augen zu.

Rückkehr

Heut
bin ich weit gefahren,
Unbekanntes engte mich ein.
Nun
engt mich Bekanntes ein.

Anderswerden

Auf einer Parkbank
eine Jacke, ein Hut, eine Hose:
Möge der andere Mensch
tadellos sitzen dem,
der da fortging.

Am Brückengeländer die Frau,
den Kopf zwischen den Händen,
den Koffer zwischen den Beinen:
Möge sie das andere
Ufer erreichen.

Aus dem Standesamt tritt ein Paar.
Sie haben beschlossen,
anders zu werden –
wie lange
gemeinsam?

September

Erloschene Glutwälder,
Wipfelreusen in Schwärmen
von Wolken. Ich lutsche
am Euter der Sonne.
Ein Luftzug und eine Wespe
treffen sich in der Eisdiele.
Ein Blatt schlägt Rad.
Aber der Clown bin ich.

Ein Regen geht draußen
in Lackstiefeln vorbei.
Klangqualm verstopft
mein Gehör, Schallstinken.
Schritte knallen wie
splitterndes Eis. Es sind
deine neuen Schuhe,
die wieder nicht passen.

Deine Lippen zwei
Fischrücken. Du duftest
aus meiner Haut.
Im Mohnhaar der Nacht:
Zwei Leuchtfische,
Flosse an Flosse,
doch gegenläufig. Welcher
verschluckte den Ring?

Spätherbst

Wenn es am feurigsten ist,
verwerfen die Bäume ihr Laub.
Die Nester wären noch brauchbar.
Der Sommer wendet sein Auge
ab von Städten und Fluren,
kündigt allem die Aufsicht,
unserer Liebe auch.

Der unsre Sommerhaut war,
der See, erkaltet.
Zu den Fischen sank
unser Liebesschleim.
Seine Wohnung, die Ufer,
wurden noch einmal grün
für den Schnee.

Unsere Hände bewohnen
Stein und Stahl
unter der Aufsicht der
Rauchfahnen und Brücken,
die nun heftiger donnern.
Ölige Trauer wandert
die schwarzen Flüsse hinab.

VI. LEGENDEN

Herbstlegende

Ich geh durch meine Vaterstadt.
Ich wollte kommen als Held.
Ich habe die weite Welt so satt,
aber keinen Pfennig Geld.

Vom Himmel ein kalter Regen rinnt.
In den Pfützen liegt goldenes Laub.
Verlassen haben mich Frau und Kind.
Meine Haare sind grau wie Staub.

Ich gehe zu einer, die ich verließ,
denn aus dem Regen wird Nacht.
Sie schaut mich an und sagt nur dies:
Du hast mich umgebracht.

Da wach ich auf, und die Sonne scheint
auf meine schlafende Frau.
Unser Kind in seinem Körbchen weint,
und der Himmel ist mörderisch blau.

Geburtstag

Meine Wünsche werden älter
wie die Frauen, die ich begehre,
wie das Kind, das wir behüten,
und mir fehlen alle die Kinder,
die wir verhütet haben.

Zwei Eulen

Wir sind ein Traum.
Wir sind zwei Eulen
in einem Baum!

Wir holen den Sternhafer ein,
den die Mondsichel schnitt.
Wir erlösen von seiner Härte den Stein,
weil er so sehr daran litt.

Wir träumen wieder und wieder,
lassen manchmal einander allein
und reiben unser Gefieder
mit dem Klang der Mitternachtsglocken ein.

Der Traum des Kapitäns Charon

Das Schiff aus alten festgefügten Planken
Glitt leicht dahin, der Wind war sanft und gut,
Der Sonne zu, die stieg aus kalter Glut
Durch schmale goldgefaßte Wolkenschranken.

Er lag im Schlaf und sah im Traum die Flut
Sich öffnen und sein Schiff darin versinken
Und seine Toten winken und ertrinken
Und schwamm allein in einem Meer von Blut.

Sank ins Vergessen wie ins neue Leben.
Da sah er eine Insel sich erheben.
In seinem Mund schwoll schon vom Salz die Zunge.

Aus seinen Augen wischte er die Algen.
Und nichts stand auf der Insel als ein Galgen.
Da schoß das Wasser schwarz in seine Lunge.

Ariadne

Da sie ihn liebte, verriet sie dem Fremden den eigenen Bruder.
  Hätt sie ein einziges Mal   nur an sich selber gedacht!
Doch sie entwand die Fahne den Händen des eifernden Theseus,
  Trennte mit liebender Hand   Meter um Meter sie auf,
Gab ihm das Knäul, damit er das menschenzerfleischende Untier
  Nicht nur erlegte: Denn nun   wies ihm das rote Gespinst
Aus dem tödlichen Knäul labyrinthischer Wege den Rückzug.
  Anders wäre der Held   irgendwo elend verreckt.

Kaum wieder bei ihr, dachte er nur an den Sieg und die Fahne,
 Machte sich auf nach Athen,   ließ Ariadne zurück,
Hatte sie einfach vergessen. Denn kurz ist der Helden Gedächtnis.
 Lang ist der Götter Geduld,   wenn sich ein Mädchen verliebt:
Trank sie doch bald mit Dionysos Wein und warme Umarmung!
 Götter ermessen den Wert   dessen, was Helden verschmähn.

Amor und Psyche

Komm, mach dich weit,
ich bin voll Einsamkeit.

Und mach kein Licht,
denn ich hab kein Gesicht.

Halt deine Augen zu.
Ich laß dich nicht in Ruh.

Wir sind im Flug
uns und der Welt genug.

Komm, mach dich weit,
ich bin voll Einsamkeit.

Ich küß deine Wangen rot:
Ich bin voll Tod.

Tod ist: allein
und ein Gott zu sein.

VII. BÖSES INTERMEZZO

Gesicht im Fenster

Gegenüber guckte immer einer aus dem Fenster.
Neulich hat er alle Wasserhähne aufgedreht,
bis die Wohnung vollgelaufen war.
Er lebte immer so abgeschieden.
Die Scheiben werden nun grün.
Heute glotzt
mit denselben Mundwinkeln
kauend zu mir herüber
ein dicker Fisch. Doch
friedlichem Kauen
ist zu mißtrauen.

Lied eines indianischen Bettlers

Herr Leutnant! Einen Centavo!
Wie blitzen die goldenen Tressen!
Ach, Gott ist nicht mit uns.
Wir denken zu viel ans Fressen.

Hochwürden! Einen Centavo!
Was hilft uns eure Lehr?
Ach, Gott ist nicht mit uns.
Wir stinken ihm viel zu sehr.

He, Gringo! Einen Centavo!
Wie rein ist dein weißer Hut!
Gott braucht es dir nicht zu danken.
Es geht dir ja schon zu gut.

Don Pedro! Einen Centavo!
Kann keinen Kaffee mehr pflücken.
Gott geht uns aus dem Weg.
Er fürchtet unsere Krücken.

Guerrilla-Ballade

Er trug eine rosa Brille
vor seinem dicken Kopf,
bedeckt mit einem Hute,
der saß ihm wie ein Topf.

Er hatte viel zu sagen
in diesem Land der Philister.
Und eines Tages wurde
er obendrein Minister.

Da kamen die Guerrilleros.
Die führten ihn heimlich fort
und hielten ihn gefangen
an einem versteckten Ort.

Sie stellten ihm ein paar Fragen.
Da hob er furchtsam die Hand:
Er hätte doch gar nichts zu sagen
in diesem Philisterland.

Da schrieben die Entführer
einen Brief an die Camarilleros:
Sie würden ihn gern verkaufen
für hundert gefangne Guerrilleros.

Man kratzte sich die Köpfe.
Das war nicht ganz geheuer.
Das war für den Philiminister
bei aller Freundschaft zu teuer.

Man versuchte die Entführer
eine Zeit an der Nase zu führen.
Doch die erhöhten täglich,
dann stündlich die Gebühren.

Die Camarilla blechte
und spielte ein doppeltes Spiel:
Sie suchte den Miniphilister.
Das war den Guerrilleros zuviel.

Man fand nur die rosa Brille
und etwas Blut und Hirn.
Da faßten all die andern
Philister sich an die Stirn.

Die Camarilla hetzte
all ihre Schergen durchs Land,
und bald stand auch der letzte
Guerrillero an der Wand.

Der neue Minister sagte:
Paßt auf, daß ihr richtig trefft!
Mit unserer Camarilla
macht keiner ein gutes Geschäft.

Trachom

Sie kennt weder Arm noch Reich:
Vor der Fliege sind alle gleich.

Irgendwann hat sie auf ihm gesessen.
Er hats nicht gemerkt oder vergessen.

Nach Jahren juckt es im Auge,
als wären die Tränen Lauge.

Sie kennt weder Arm noch Reich:
Vor der Fliege sind alle gleich.

Zu spät für ihn, wenn du siehst,
wie Milch in die Iris fließt.

Die Iris wird weiß wie der Mond,
bis Nacht in dem Auge wohnt.

Sie kennt weder Arm noch Reich:
Vor der Fliege sind alle gleich.

Sie erhörte nicht die Gebete
der Königin Nofretete.

Sie fragt auch nicht nach Schuld.
Sie hat nur viel Geduld.

Das eine Auge ist blind,
ehe das andre gerinnt.

Du siehst ihn im Menschengewimmel:
Der Blinde schaut in den Himmel.

VIII. GESTAFFELTE SPIEGEL

Sisyphos I

Täglich beschließt er straffere Arbeit
mit zitternden Knieen,
umarmt den kalten, trockenen –
den toten Fels.

Täglich beschließt er,
schnell oben zu sein – und siehe:
Es geht! Auf Reserve schalten die Muskeln.
Er staunt, was er drin hat.

Täglich das Letzte herausholen
ist sein Glück. Denn der Felsen
klebt an ihm wie mit Saugnäpfen,
kippt brav nach vorn und hält zu ihm.

Täglich ist der gehorsame Stein
warm wie die erschöpften Arme,
feucht von ihrem Schweiß – die
wollen nun ruhn und ihn streicheln.

Täglich löst Sisyphos dazu behutsam
die Klammer seiner Arme.
Täglich erkaltet ihm dabei der Stein
und rollt davon.

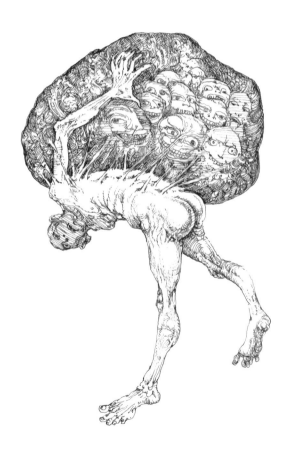

Sisyphos II

Ich:
Tal,
in das ich zurückrolle,
wieder und wieder: Ich –
Lawine und Steinschlag.

Du:
Bergrücken,
mein Gleichgewicht suchend,
Wasserscheide, Messersschneide:
Du.

Spielen:
Die Dinge heilsam verkennen –
warum gelingt es uns nicht?

Tacitus

Worte kleben am Gaumen.
Die Zunge verholzt,
ein Pinienzapfen in Pinienharz.
Vor den Füßen winselt hündisch die Tugend,
eine zurückgepfiffene Hoffnung.

Die Füße waten in mondgrauem Staub,
meiden die weißen Rednertribünen,
die mit Siegen gepflasterten Straßen,
den bunten Schmutz der Frauengesichter,
schlafwandeln nachts durch die Arena,
wenn die Löwen orakeln.

Widerworte erwandern die Füße, den
Inschriften zwischen die Zeilen gedacht.
Morgen fließen sie schwarz
auf sandfarbenen Papyrus – wenn

durch die Marmorbögen
Cäsaren ziehen
mit den Schatten voran.

Verse des römischen Kaisers Hadrian

animula vagula blandula
hospes comesque corporis
quae nunc abibis in loca
pallidula rigida nudula
nec ut soles dabis iocos

Seelchen, du schweifendes,
schmeichlerisch streifendes,
Wegfreund dem Leibe – flüchtige Bleibe!
Mußt nun in wilde, bleiche Gefilde,
durch Fels und Gestein wandern allein.
Scherz und Spiel werden nun still.

(Die lateinischen Verse sind als Gedicht des Publius Aelius Hadrianus überliefert.)

Porträtbüste des Kaisers Gallienus

Müd hängen Augäpfel
unter den Lidern,
schlafunterspült.
Haar züngelt
aufs Gesicht.
Die Lippen
verkneifen sich
einen griechischen Vers.

Zottige Völker
züngeln vor
züngeln aufs matte
Antlitz der Ewigen Stadt.
Auf den Foren wächst Gras.
Müd quälen sich Sonnen
durch Triumphbögen
leidgedunsen.

Schon am Ende der Welt rasselt
der Tritt der Legionen, mit
einem Stiefel im Nichts.
Der Gott am Kreuz,
Hände und Füße vernagelt,
braucht nicht zu marschieren
und kann doch das Nichts
umarmen.

Eine Kriegslist
(nach Frontin)

Ein römischer Feldherr, der
wie alle einen Namen hatte,
fand, als er bemerkte,
er sei im Begriff, sein Heer
in einen Sumpf zu führen,
gepackt von Furcht,
Panik werde ausbrechen und
seine Soldaten in den Schlamm
oder ihm an den Hals hetzen,
einen höchst einfachen,
unauffälligen Ausweg:

Er ließ von Stunde zu Stunde
ein wenig schwenken, eines
Feindes wegen angeblich,
der zu umgehen sei,
bevor man sich auf ihn werfe.
Und als die Sonne
hinter die Hügel fiel, war
sein Heer auf dem Rückzug,
gestärkt von Angriffslust – und
war da nur ein Feind und
schon unschädlich: der Sumpf.

Macchiavelli

Schweigsam reist er,
bereist Italien: Jede
Reise ein politischer Lehrpfad –
Europa ein Lehrgarten der Macht
in voller Blüte!

Er sieht in den offenen Wunden
die schmutzigen Nägel der Päpste,
die Pfefferkörner der Dogen,
die Brandeisen von Fürsten und Königen,
riecht die Parfüms der Kaiser.

Die Anatomie der Gewalt
erforscht er mit Scharfsinn,
erfahren in verheerenden Täuschungen:
Lieber täusch andere
als dich selbst!

Einen sucht er, der
seinem Volk helfen will,
und findet nicht das Volk. Doch
auf dem Schachbrett der Geschichte
entdeckt er den Bauern.

Kopernikus

„Er hat Beweise?
Um so schlimmer!"
Gelächter wird ihn nicht schützen.
Wer denkt, ist fortan nicht sicher.
Feuer wird prasseln statt Gelächter!
„Gegen Beweise helfen nur Flammen."

Wer aber Lügen sät,
wird Lügen ernten.

Da der Himmel nicht einstürzt,
gibt es ihn nicht: Wer
führt also Zepter und Knüppel?
Nichts ist von Dauer.
Wandelt die Erde,
ist sie wandelbar.

Die Mächtigen aber sitzen
im Turm der Schwerhörigen.

Wenn es um Wahrheit ginge!
Kein Mensch hätte zu fürchten
den andern. Wer
das Fürchten lehrt,
hat die Gewalt: Doch nur
für die Dauer der Furcht.

Novalis in Freiberg

Julie, ich bin eine gute Partie:
Schwarzer Romeo und ein wenig Vieh!
Das Ringlein ist wie dein Löchlein so rund.
Aber da ist noch ein Dritter im Bund –
Julchen, ich beschwöre Sie:
Es gibt da noch eine beßre Partie.

Mein Herz ist eine heilige Gruft,
in der eine Stimme noch nach mir ruft:
Sie war erst fünfzehn und hat geraucht
und schon was zwischen die Schenkel gebraucht.
Das war die süße kleine Sophie.
Der Tod war für sie die beßre Partie!

Ich habe ihr nachzusterben versucht.
Doch ich bin den Engeln vielleicht zu verrucht.
Und wenn ich jetzt werbend vor dir steh,
Fräulein Julie von Charpentier,
dann bleibe ich doch lieber beim Sie.
Denn es gibt da noch eine beßre Partie.

Gustav Mahler 1911

Hartgefroren noch
der Schlamm künftiger Schlachtfelder,
Schreie schon unter meinem Schritt:
Die Nebel werden sinken.
Steigen wird Kanonenrauch.

Mein Atem
malt an den Himmel
Eisblumenwälder, die
funkeln und klirren,
wenn die Sonne sie streift,
wie Messer.

Gefrorene Worte sind Musik.
Musik ist gefrorene Zeit.
Ich bin gefrorene Musik.
Wenn Tauwetter kommt,
bin ich verschollen.

Ich friere ein
in meinen Fußstapfen.
Der Schritt stockt –
mein o mein
Herz.

Georg Trakl

Ein Blatt Papier,
quälend weiß.
Auf dem Fluß treiben
blutige Jahre heran,
rosten vertäute Kähne,
beladen mit Frauen;
der Schoß der Schwester
strudelt sie in den Grund.
in den Parks
fault flockig der Flaum
vorübergeschrittener Engel.
Die Sonne zerstiebt zu Pulver,
das macht schöne Träume,
das sprengt einem die Stirn:
Aus dem Schädelwrack
kriecht eine Spinne
übers Papier –
da steht
ein Gedicht.

Marcel Proust

Das bunte Garn ist aufgetrennte Zeit.
Er webt den Teppich neu: Da wird beschworen
In unverblichnen Farben, was verloren,
Versunken schien im Strom der Ewigkeit.

Was er erlebte, war nicht sehr erheblich.
Das Muster zeigt: Dies gab es zu erfahren.
Dies können Hände suchen und bewahren,
Und keine Fingerkrümmung ist vergeblich.

So steht der Fisch vor einer klaren Quelle.
Das Wasser stiehlt sich kühl an ihm vorbei.
So kniet der Mönch in seiner Klosterzelle.

Das Schiffchen klappert seine Litanei.
Er bleibt in seinem Webstuhl auf der Stelle.
Sein Teppich aber fährt davon, ist frei.

Sapphos Wiederkehr
(Gertrud Kolmar, verschollen 1943)

Sappho kehrte wieder als Jüdin. Lange
blieb sie unerkannt, widersprach dem kalten,
finstren, menschenfeindlichen Jüngling, lehrte,
    warnte die Mädchen.
Wieder trug sie töricht und tapfer an der
schweren, sehr zerbrechlichen Last der Liebe,
blieb zurück mit staunenden stolzen Augen:
    Zehnte der Musen.
Nacht. Die Erde ist ein verlaßnes Weib und
doch nur unentdeckt. Und das Unentdeckte
eben ist das Köstliche, ein Rubin im
    Kopf einer Kröte.
Wenn der Schaum des Meeres doch zeugen könnte!
Gern zur Wiege hätt ich gesungen. Denn das
Menschenherz ist klein während eines Herzschlags,
    groß für ein andres.
Standhaft macht die Liebe. Der Haß ist lenkbar.
Gott verwirft den wütenden Haßpropheten.
Doch den Unbestechlichen grüßt die Ode
    über die Zeiten.
War schon, als sie lebte, verschollen, ging nicht
aus dem Land, das Bücher verbrannte, also
auch bald Menschen, klebte Kartons, ist seither
    wieder verschollen.

IX. SUITE IM ALTEN STIL

Die Elsteraue bei Knauthain
(Stereoskopisches Idyll für Kristian Pech, 1978)

I
Viel war geredet worden beim Wein am vorigen Abend.
Morgens brach selten ein Wort hervor aus dem Humus des Schweigens,
Als wir den Ufern der Elster folgten, an Gärten vorüber,
Lauben darin – Gerümpel, pedantisch zusammengenagelt –
Über das tosende Wehr, in dem die Kanuten sich übten,
Durch das Dickicht, wo Pilze vergeblich sich tarnten im Dämmer,
Durch die verwachsne Allee mit dem Blick in die offene Aue,
Hin zu dem stählernen Nager der Kohle, der jaulte und stöhnte
Wie ein verhungernder Hund – und ist doch beständig am Fraße –
Bis in den Knauthainer Park, wo ehrfurchtgebietend Platanen
Hemmen den Vormarsch der Nesseln, wo herbe Kornellen sich röten:
Herbstlich archaische Früchte, die Kost des durstigen Wandrers.

II

Manches Gespräch und die Köpfe, die angestrengt daran basteln,
Gleichen den Lauben: Gerümpel, pedantisch zusammengenagelt.
Oder den Paddlern: Die üben beharrlich sich darin, ein wenig
Recht zu behalten gegen die giftbeladenen Wasser.
Mancheiner ächzt, wie schlecht es ihm zuzeiten doch ginge,
Wohnt im Luxusbunker, und immer stimmen die Kohlen.
Mancher ist blind und will für Taubstumme Hörspiele schreiben.
Andere gleichen den Pilzen und wagen sich nie in die Rede
Ohne die Kappe der Tarnung und tarnen sich dennoch vergeblich.
Viele Gespräche sind mit Pilzen vergleichbar: Die Worte
Blähen sich auf. Was gemeint war, bleibt im Humus des Schweigens.

Apokalyptisches Gebet

„Ich seh, wohin ich seh, nur Eitelkeit auf Erden..."
Andreas Gryphius
vanitas vanitatum et omnia vanitas

I.
HERR, Deine Welt kann, wie sie ist, nicht bleiben.
Wir wissen längst, wohin wir mit ihr treiben.
Verschließ die heilige Gesetzeslade!
Denn hier hofft keiner mehr auf Deine Gnade.
   HERR, wir sind eitel. HERR, vergib uns nie!
   HERR, Deine Welt ist reif. Nun pflücke sie.

II.
Schau, wie wir fressen, saufen, wie wir vögeln,
Wie wir uns schnaufend in die Betten flegeln!
Wir liegen kalt einander in den Armen
Und kennen mit uns selber kein Erbarmen.
   HERR, wir sind eitel. HERR, vergib uns nie!
   HERR, Deine Welt ist reif. Nun pflücke sie.

III.
Schau, wie wir träge in der Sonne lungern,
In der, nicht weit ernfernt, die Kinder hungern,
Wie wir die Meere und die Luft verdrecken,
Bis wir an unserm eigenen Dreck verrecken!
   HERR, wir sind eitel. HERR, vergib uns nie!
   HERR, Deine Welt ist reif. Nun pflücke sie.

IV.
HERR, die Dich leugnen und die Dich beweisen –
Sie können alle nur das Nichts umkreisen.
Und die noch immer glauben, Dich zu suchen,
Die finden einen Götzen, dem sie fluchen.
   HERR, wir sind eitel. HERR, vergib uns nie!
   HERR, Deine Welt ist reif. Nun pflücke sie.

V.
Horch, wie wir klügelnd das Inferno streifen!
Erlaubst Du uns zuletzt, Dir vorzugreifen?
Willst Du, daß wir uns endlich selber richten?
Daß WIR die Welt, die DU erschufst, vernichten?
   HERR, kann es sein, daß Du Dein Werk vergißt?
   HERR, haben wir vielleicht noch eine Frist?

Taktische Erwägungen

Wer sich vor Eisen schützt mit Eisen, kann was wagen.
Jedoch – wie schnell ermüdet das behelmte Haupt!
Der Rittersmann hat schwer an seinem Blech zu tragen,
Und er vermag nicht mehr, als ihm sein Blech erlaubt.

Der muß nicht immer feige sein, der sich verbirgt.
Wer sich zu tarnen weiß, auch der kann wohl was wagen.
Doch setzt ein Maß die Tarnung dem, was er bewirkt,
Und stellt man ihn, so muß er sich alleine schlagen.
Wer sich verstellt, wird seinen Bruder nicht verstehen.
Wer nicht versteht, der darf auf kein Verständnis hoffen.

Und doch: Den Rücken an der Wand, das Hemd weit offen –
So wurde jeder noch am sichersten getroffen.

Und Augenzeugen durften still nach Hause gehen.

Spätsommer

Nirgends in den Wipfeln scheint ein Vogel wach.
Fern und selten zirpen nun die Grillen auch.
Durch die leeren Felder weht ein herber Hauch.
Bleich und trocken windet sich im Tal der Bach.

Wiesengräser gilben welk und abgelebt.
Letzte, schwere Blumen werden voll und schön.
Stoppelreihen wandern flimmernd auf die Höhn,
Wo die Wolkenorgel silbern sich erhebt.

Deiner Arme Kraft, ihr Werk mag dich oft blenden,
Keine Mühe scheust du, an dich selbst zu glauben,
Während deine Seele ihren Glanz vermißt.

Hältst du reife Ährengarben in den Händen,
gelbe Birnen, schwere Waben, süße Trauben:
Ahnst du, wer der Herr der großen Ernte ist?

Sterbliche Sonette

1

Weißt du – dein Schweigen ist nur größre Nähe:
Es zwingt mich nicht, zu leugnen, nicht zu schwören.
Du könntest mir mit keinem Wort gehören,
Mit keinem Blick, sooft ich dich auch sähe.

Wirst du mich immer neu betören?
Was zwischen dir und mir auch je geschähe –
Nur neue Gründe, daß ich nach dir spähe!
Es sei denn, daß wir uns im Tod verlören.

Du fügtest dich so sanft, wie ich geworben.
Kannst du den Wind von einer Wolke lösen?
Wir waren füreinander längst verdorben!

Nun bist du stumm. Hört ich, du wärest nicht genesen,
Wärst einen jähen dummen Tod gestorben,
Wüßte ich: Immer bin ich dein gewesen.

2

Der Wind zaust junge Bäume,
Wühlt in den schlanken Zweigen,
Zerbläst das grüne Schweigen,
Die zarten Blätterträume.

EIN Baum aber beugt sich nicht
Mit denen, die sich biegen,
Will stehen und nicht liegen.
Doch dieser eine bricht.

Sie alle sind gekrochen.
Der nicht kroch, ist gebrochen.
Der Sturm hat freie Bahn.

Und die Gebeugten schmähen,
Sobald sie wieder stehen,
Den, der es nie mehr kann.

3

Zum letzten Abschied wußte ich dir nichts zu sagen.
Bei jedem andern fand ich eine zarte List,
Gab schwatzend unsrer Liebe eine Frist.
Nun bist du stumm. Und ich hab noch so viel zu fragen.

Die Liebe, die nicht tot und nicht lebendig ist,
Der gute Freund, der eines Tages lügt,
Die Stadt, das Land, die Welt, der du entwachsen bist,
Sind Dinge, denen Abschiedsagen nie genügt.

Im Wortewechseln haben wir es weit gebracht.
Wie Kinder wissen wir wohl niemals, was wir meinen,
Wenn wir zum Abschied noch ein Sterbenswörtchen sagen.

Beim ersten Abschied haben wirs uns leicht gemacht.
Es folgten viele, viele, jeder nah am Weinen.
Den letzten hat ein jeder ganz allein zu tragen.

4

Die Nacht legt um mein Herz ein schwarzes Leinen.
Das Kind in mir erwacht. Es möchte schreien!
Ein Schrei – vielleicht wird der mein Herz befreien.
Das Kind fühlt sich geborgen: Es kann weinen.

Was wollen Tränen auf der welken Wange?
Ergrautes Haar macht feuchte Blicke kläglich.
Der Ausdruck des Gefühls ist schwer erträglich.
Mir ist ja doch nur vor mir selber bange.

Ich seh die ungezählten Einsamkeiten
Sich stumm um mich wie Ozeane breiten.
Ich hör den Sturm im Unbewohnten brüllen.

Bleib ich am Rand des Unbegangnen stehen?
Wenn es nicht leer ist, kann ich darin gehen!
Ich werde es mit meinen Schritten füllen.

5

O Überdruß der alten Welt! Bekannter Küsten!
Den Weg nach Osten muß der Abend auch gewähren!
Nur diese grünen Wasserwüsten überqueren!
Dann lande ich an Indiens Perlenbrüsten!

Sie lachen? Noch ein Anlaß, daß ich segeln muß!
Nur fort! Den Weg ins Ungewisse einfach wagen!
Das Nichts? Was gilts, wo Fragen immer weiter tragen?
Nicht tiefer kann es mich zermürben als Verdruß.

Selbst zweifelnd und verlacht und dennoch ungebrochen
Macht sich Kolumbus auf und traut nur noch dem Wind,
Läßt sich von Meuterei den Wagemut nicht rauben.

Die Wasserwelten sind von niemandem bestochen.
Sie spiegeln täglich nur das Nichts – jedoch sie sind!
Daß er nicht Indien findet, wird er niemals glauben.

BIO-BIBLIOGRAPHISCHE NOTIZEN

Volker Ebersbach, geboren 1942 in Bernburg (Anhalt), studierte 1961-1966 in Jena Klassische Philologie und Germanistik, promovierte 1967 über den römischen Satiriker Petronius Arbiter, lehrte Deutsch als Fremdsprache ab 1967 in Leipzig, 1968 in Bagdad, 1971-1974 am Deutschen Lehrstuhl der Universität Budapest. Seit 1976 arbeitet er als freier Autor von Erzählungen und Kurzprosa, Aphorismen, Gedichten, Romanen, Essays, Biographien, Kinderbüchern und Anekdoten sowie als Übersetzer aus dem Lateinischen (Catull, Vergil, Ovid, Petron, Waltharilied, Janus Pannonius u.a.) und dem Spanischen. Seit 1994 ist er Mitglied des P.E.N. Deutschland.

Veröffentlichungen:
Der Schatten eines Satyrs (Roman 1986/89), Caroline (Roman 1987/88/89/93, TB), Tiberius (Roman 1991), Der Mann, der mit der Axt schlief (Erzählungen 1981/87), Der Verbannte von Tomi (Erzählungen 1984/86),

Adam im Paradies (Erzählungen 1988), Heinrich Mann (Biographie 1978/82), Francisco Pizarro (Biographie 1980/82/84/86, TB, übersetzt ins Slowenische 1987), Carl August – Goethes Herzog und Freund (Biographie 1998), Rom und seine unbehausten Dichter (Essays 1985/87), Begegnungen der Weltgeschichte (Essays 1994), Peter auf der Faxenburg (Kinderbuch 1982/84/85/86), Der verliebte Glasbläser (Kinderbuch 1986), Gajus und die Gladiatoren (Jugendbuch 1985/87, TB), Ein geborener Genießer (Goethe-Anekdoten 1996), Der träumerische Rebell Heinrich Heine (Anekdoten 1997), Nietzsche in Turin (Erzählung 1994), Fünf Etüden über eine Eseley – Goethe und Lenz (Erzählung 1994), Heine liegt – Aus der Matratzengruft (Monolog 1997). Die Weinreisen des Dionysos (Mythischer Roman 1999).

Als Band 1 der „Grimmaer Reihe" erschien 1999 Volker Ebersbachs Erzählung „Seume in Teplitz".

Die meisten Gedichte der Sammlung „Irdene Zeit" sind bisher nie veröffentlicht worden. Frühere Fassungen einiger Gedichte finden sich in:

Volker Ebersbach, Poesiealbum 168, Berlin 1981, in den Anthologien „Auswahl 72", Berlin 1972, S. 111-115, „Don Juan überm Sund", Berlin 1975, S. 206 f., „Goethe eines Nachmittags", Berlin 1979, S. 160 f., „Veränderte Landschaft", Leipzig 1979 (Insel-Bücherei Nr. 1031), „Der neue Zwiebelmarkt", Berlin 1988, S. 124, und in den Literaturzeitschriften „Neue Deutsche Literatur" 24 (1976)3, S. 109-111, 27(1979)2, S.95-97, und „Temperamente" 3/1979, S. 19-21 und 4/1979, S. 82.

Radio DDR II sendete am 2. Februar 1980, 20-21 Uhr, Gedichte aus dem Poesiealbum 168 und aus dem Manuskript. Der Südfunk 2 sendete am 26. März 1988, 23.40-0.00 Uhr eine von Irmela Brender besorgte Auswahl.

INHALT

Vorwort der Herausgeberin   5
Vorbemerkung des Autors   7

I. GESTAFFELTE ERDE

Damm an der unteren Saale   12
Halt auf freier Strecke   15
Altes Schlachtfeld im Herbst   17
Oktober in Mór   18
Der Kristallschleifer   21
Vorweihnacht im Erzgebirge   22
Bärenlauch   25
Feldwinkel im Meißnischen   26
März   28
Mai   28
Der Specht   29

II. KLAFFENDE FLUREN

Der tote Baum   33
Sägen   34
Orgelkonzert in Rötha   35
Die Bagger   36
Die Pleiße   37
Spätsommer an der Mulde   38

III. IRDENE ZEIT

Kosmogonie   40

Nixe und Schneeschmelze	42
Lupine	43
Ungarischer Klatschmohn	44
Herbstahnung	45
Baumwipfel	46
Gedenktag	48
St. Thekla bei Leipzig	49
Gefangen	50
Irdene Zeit	51

IV. GESTAMMELTES SCHWEIGEN

Abendstimmung	54
Desertion	55
Warten	56
Liebes-Lager	58
Die Liebesmühle I	59
Die Liebesmühle II	61
Denkzettel	62
Letztes Gespräch	63
Zauberspruch	65
Spinnenschloß	66
Verse I	68
Verse II	69

V. ATEMWENDE

Jahrhunderttag	73
Ankunft	75
Das Einhorn	76

Tiere im Sommer	78
Rückkehr	79
Anderswerden	80
September	81
Spätherbst	82

VI. LEGENDEN

Herbstlegende	84
Geburtstag	85
Zwei Eulen	86
Der Traum des Kapitäns Charon	89
Ariadne	90
Amor und Psyche	92

VII. BÖSES INTERMEZZO

Gesicht im Fenster	97
Lied eines indianischen Bettlers	99
Guerrilla-Ballade	100
Trachom	102

VIII. GESTAFFELTE SPIEGEL

Sisyphos I	106
Sisyphos II	108
Tacitus	109
Verse des römischen Kaisers Hadrian	110
Porträtbüste des Kaisers Gallienus	111
Eine Kriegslist	113
Macchiavelli	114

Kopernikus   116
Novalis in Freiberg   117
Gustav Mahler 1911   118
Georg Trakl   119
Marcel Proust   121
Sapphos Wiederkehr   122
  IX. SUITE IM ALTEN STIL
Die Elsteraue bei Knauthain   124
Apokalyptisches Gebet   126
Taktische Erwägungen   131
Spätsommer   132
Sterbliche Sonette   134

Bio-Bibliographische Notizen